De héroe a piloto

Matthias y Nancy Southwick

Un libro de Storyshares

Fácil de leer. Es difícil dejarlo ir.

storyshares.org

Storyshares
Soñando con un nuevo estante
en la biblioteca mundial.

storyshares.org
FILADELFIA, PA

ISBN # 9798885977180

storyshares.org

Contents

Capítulo 1: La mudanza

Estaba convencido de que iba a ser una mudanza mala. Hasta que nos detuvimos frente a la casa nueva. El vecino de enfrente estaba trabajando en un Pontiac GTO 05.

—¡Papá, mira qué coche más chulo!

—Sí, no está mal, Álex —respondió su padre.

A mi padre no le gustaban los coches tanto como a mí. Me quedaba menos de un año para poder sacarme la licencia de conducir. No podía pensar en otra cosa. También soñaba con poder construir mi propio coche. Solo que no tenía dinero suficiente ni para empezar.

El coche del vecino estaba lejos de poder arrancar. No era más que piezas repartidas por todo el garaje. Me pregunté si le gustaría hablar conmigo de coches.

Cada vez que iba a por una caja miraba el GTO. Estaba justo delante de mí. Al otro lado de la calle. Llevar cajas era de lo más aburrido, por lo que mirar aquel coche me ayudaba a pasar el rato.

Mi nueva habitación daba a la calle. Tenía la vista perfecta del garaje del vecino y de aquel GTO. Se suponía que debía ordenar mi habitación, pero lo único que podía hacer era mirar por la ventana.

Estaba soñando despierto cuando mi madre me llamó la atención.

—¿No querías ir a una exhibición de coches? Estaría bien que dejaras la habitación ordenada antes de irte—dijo entre risas.

—¡Mamá, eso es dentro de una semana!

—Lo sé, hijo, pero te veo tan distraído...

—Lo haré, mamá, no te preocupes.

—Si tú lo dices —dijo, riendo al salir.

Capítulo 2: La exhibición de coches

Me las arreglé para ordenar la habitación antes de la exhibición de coches. Y, sí, lo hice incluso distraído. La mañana de la exhibición, el desayuno se me hizo eterno. Solo quería marcharme, pero mi padre tardaba una eternidad. Mientras tanto, mi madre metía cosas en la nevera portátil.

—Por favor, ¿podemos irnos ya? ¡Porfa! —supliqué.

—Está bien, colega —se rio mi padre—. Nos vamos.

Nos detuvimos en el aparcamiento de la exhibición de coches. Incluso algunos de los coches que había allíeran geniales. Estaba deseando ver los de la exhibición.

¡Fue genial! ¡Había de todo! Coches clásicos, de carreras, tuneados y de exposición. Podría haber dado mil vueltas y no me hubiese aburrido nunca.

A la hora de almorzar, papá y yo nos dirigimos al coche.

—¡Hola, vecinos! —dijo alguien.

Era el tipo del GTO que vivía al otro lado de la calle.

—Hola, soy Daniel. Vivo justo al otro lado de la calle —dijo—. Esta es mi hija Elisa. Mi esposa, Bea, no estáaquí. No le gustan demasiado los coches.

—Hola, soy Pedro. Este es mi hijo Álex —dijo mi padre—. Mi mujer, Jennifer, suele venir, pero estáempeñada en terminar la mudanza.

—¿Son aficionados a los coches como nosotros? —preguntó Daniel—. Elisa solo tiene cinco años, pero le encantan.

Elisa esbozó una amplia sonrisa y se abrazó tímidamente a la pierna de su padre.

—Me gustan las exhibiciones —dijo mi padre—. Pero a quien le vuelven loco los coches es a Álex. Vamos a todas las exposiciones que nos quedan cerca.

—He visto el GTO en el que estás trabajando. Un buen coche, y muy rápido —dije.

—Gracias. Es un buen coche para empezar porque las piezas son muy baratas —respondió Daniel—. Quiero terminarlo antes de una carrera que habrá pronto, pero lo estoy haciendo solo. No creo que me dé tiempo.¡Me vendría bien algo de ayuda! ¿Te apetece?

—¡Sí! ¡Me encantaría! —dije tan rápido como pude.

—Me parece bien —afirmó mi padre.

—Genial, suelo llegar a casa a las 16:00 —dijo Daniel.

Teníamos comida suficiente para compartir, así que invitamos a Daniel y a Elisa a comer con nosotros. Accedieron y nos divertimos mucho. Pasamos el resto del día juntos.

Capítulo 3: La construcción

Al día siguiente, a las 16:00, fui a casa de Daniel. Había mucho por hacer. Mientras trabajábamos, Elisa jugaba delante del garaje. Daniel había colocado una jaula antivuelco en el interior del coche. También había sacado las piezas de plástico y los asientos traseros.

Daniel me explicó que solo podíamos cambiar ciertas cosas. El coche debía cumplir las reglas de las carreras que le gustaban. Empezamos retirando todo lo que podíamos cambiar del motor. De vez en cuando, Elisa nos acercaba las herramientas que necesitábamos. Trabajamos sin parar durante varias horas. Cuando nos quisimos dar cuenta, ya era de noche.

Al día siguiente, fui a ayudarle de nuevo. Instalamos las nuevas piezas del motor. Era más difícil colocarlas que quitarlas. Avanzando a aquel ritmo, nos esperarían semanas de trabajo. Por suerte, me había

documentado. Recibía más de una revista de coches por correo.

¿Necesitaba realmente la parte práctica?

Capítulo 4: Las dudas

—Hola, papá. ¿Podemos hablar?

—Por supuesto. Siéntate, colega. ¿Qué te preocupa?

—Lo de ayudar a Daniel con el coche... es muy difícil.

—Seguro que sabías que no sería fácil.

—Sí, pero está siendo mucho más difícil de lo que pensaba. Además, no es mi coche. Estoy trabajando gratis. Ni siquiera podré conducirlo.

—El beneficio del trabajo no siempre es el dinero. La experiencia merece la pena. Y la amistad también. Imagina que Daniel gana la carrera. Podrías conseguir un trabajo relacionado con los coches.

—Sí. Supongo que tienes razón.

—No te rindas ahora, colega. La mayoría de la gente tira la toalla a tan solo unos pasos de la victoria.—Gracias, papá. Supongo que seguiré ayudándole con el coche.

—De nada, colega. Creo que es una sabia decisión.

Capítulo 5: No puedo conducir

Seguí ayudando a Daniel. Era un tipo genial y muy buen profesor. Además, mientras trabajábamos, nosíbamos conociendo. Un día, me dijo algo que no esperaba:

—Esto es lo más importante que puedo decirte. Mantén las carreras en el circuito. Uno de los mayores errores que he cometido ha sido correr por carretera.

—¿Por qué lo hiciste? —le pregunté, con impaciencia.

—Bueno, tenía 18 años. Corría siempre que podía. Una vez, presumiendo, destrocé el coche. Una avería importante. Casi termino en silla de ruedas. Lo bueno es que nadie más resultó herido, pero me ha causado problemas de por vida.

—¿Cómo qué?

—Bueno, para empezar, el dolor. Todos los días. A todas horas.

—No parece que te duela nada.

—Tengo que tomarme analgésicos todos los días. De lo contrario, no podría salir de la cama. Este es el primer coche que construyo desde entonces. Es doloroso, pero me distrae.

—¿De qué te distrae?

—Bea y yo tuvimos otra hija. Murió. Se llamaba Emma. Han pasado casi dos años, pero todavía duele.—Oh, lo siento mucho. No lo sabía.

Miré a Elisa. Estaba saltando a la cuerda junto al garaje.

—Tenía tan solo 3 años. No se acuerda. Solo sabe que su hermana está en el cielo. Eso es todo.

—¿Por eso trabajas en el coche todos los días?

—Sí. Es duro pasar por todo ese dolor, sabiendo que ni siquiera podré competir.

—¿Qué quieres decir? —le pregunté desconcertado.

—Mi esposa me hizo prometer que no volvería a correr. Teme demasiado perderme. He estado buscando un piloto, pero es difícil. Algunos tienen un mal historial de conducción. Otros no son lo suficientemente agresivos, por lo que se quedan atrás en la carrera…

No pude evitar pensar: ¿podría ser su piloto?

Capítulo 6: ¿Podré conducir?

Estaba pegado al ordenador, leyendo y leyendo. Había docenas de tipos de carreras, cada una con unas reglas diferentes. Había tanta información en Internet que era abrumadora. Un artículo te llevaba a otro, y a otro y a otro más. Era demasiado. Necesitaba un descanso. Iba a dejar de leer cuando algo me llamó la atención:

«NASCAR reduce la edad mínima de conducción de 16 a 15 años».

—¡SÍ! ¡SÍ! ¡YUJUU!

No podía dejar de gritar de la emoción.

Mi madre vino a ver por qué estaba tan entusiasmado. Le conté que Daniel estaba buscando piloto. Asíque me ayudó a investigar un poco más.

La edad de conducción permitida dependía del grupo que corriera la carrera. Daniel quería participar en el Campeonato Continental de Automovilismo de la IMSA, que no tenía una edad mínima.

Tendría que ir a una academia de conducción de alto rendimiento, superar un examen físico y estar en buena forma para afrontar carreras largas. Después, tendría que solicitar la membresía de la IMSA. La primera carrera tendría lugar en el circuito Motorsports Park de Nueva Jersey.

Pero antes de nada, debía averiguar cómo proponérselo a Daniel.

Capítulo 7: Un susto de muerte

Estábamos a punto de terminar el coche y Daniel todavía no había encontrado un piloto. No sabía cómo sacarle el tema.

«Sé que solo tengo 15 años, pero ¿puedo ser tu piloto?» No iba a funcionar. Daniel se había dado cuenta de que estaba distraído, pero no me dijo nada.

Estábamos instalando los medidores que habíamos comprado en la tienda de recambios, que eran más precisos. Daniel estaba en el asiento del conductor y yo iba y venía por las herramientas que necesitábamos.

Elisa solía ayudarnos con las herramientas, pero estaba entretenida jugando con una pelota nueva. Me detuve a observarla un segundo, tratando de pensar qué decirle a Daniel.

—¿Todo bien, Álex? —preguntó Daniel.

Justo en aquel momento, a Elisa se le escapó la pelota hacia la carretera. Corrió tras ella. Vi que se acercaba un coche. El conductor iba demasiado rápido y no estaba mirando hacia delante.

—¡Elisa! ¡Para! —grité.

No se detuvo.

Dejé caer la herramienta que tenía en la mano y corrí hacia ella. La aparté de la carretera justo a tiempo. El retrovisor me rozó la camiseta, pero el coche no se detuvo.

Daniel estaba justo detrás de mí. Nos abrazó a Elisa y a mí con fuerza. Bea me había oído gritar el nombre de Elisa y había salido corriendo a la calle.

De la nada, tenía un equipo de cámaras en la cara.

—¡Eso ha sido increíble! ¿Cómo te llamas, jovencito?

Capítulo 8: Frente a las cámaras

—Kim Sutherland, para el Canal 8. Estamos en directo en la escena del suceso con Álex Wilton, de 15 años. Hemos grabado su audaz rescate hace tan solo unos minutos. Nos habíamos trasladado para grabar un reportaje sobre un lugar histórico. Un golpe de suerte. Estábamos en el lugar correcto, en el momento indicado. ¿Cómo te sientes tras este acto heroico, Álex?

—Bien, supongo.

No sabía qué decir. Me sentía igual que antes.

—Acabas de arriesgar tu vida para salvar a Elisa, de 5 años. ¿Lo pensaste o ha sido tu instinto?

—No, realmente no lo he pensado. Solo sé lo mucho que significa para sus padres.

—Bueno, has hecho un buen trabajo. Para aquellos que acaban de unirse…

Mis padres se habían acercado. Tenían una sonrisa de oreja a oreja. Daniel y Bea no dejaban de abrazar a Elisa. Cuando el equipo de cámaras terminó, todos me dieron un gran abrazo.

—No podemos agradecerte lo suficiente lo que has hecho. Dinos qué quieres. Di algo y será tuyo —me dijo Daniel.

Sabía exactamente lo que quería pedirle:

—Me gustaría ser tu piloto en la próxima carrera.

—Bien, entonces será mejor que terminemos ese coche. Tenemos que llevarte a la academia de conducción.

Capítulo 9: ¡Puedo conducir!

Las siguientes dos semanas fueron frenéticas y agotadoras. Teníamos mucho que hacer y muy poco tiempo. No pude inscribirme en la carrera hasta aprobar el examen de conducir. Y antes de eso, tuvimos que ocuparnos de otras tareas. Primero, terminar el GTO. Y después, aprender a conducirlo.

Mi padre le pidió prestado un coche manual a un amigo. Íbamos a un aparcamiento vacío casi todos los días. Manejar la palanca de cambios fue mucho más fácil de lo que esperaba. Lo dominé en unos pocos intentos.

También tuve que dar algunas entrevistas en la tele sobre cómo había salvado a Elisa. Pero las daba por la mañana, mientras Daniel estaba en el trabajo. Por suerte, aquella publicidad nos ayudó a conseguir algunos patrocinadores.

Daniel y yo trabajamos todos los días en el coche. Teníamos que asegurarnos de que funcionara al máximo rendimiento.

Avanzamos mucho más rápido cuando Daniel llamó a su amigo, Ezequiel Jackson. Le gustaba que lo llamaran Ez. Tenía un pequeño circuito de carreras en la zona y se ofreció voluntario para ser el jefe de equipo de Wilton.

En poco tiempo, Ez formó un equipo que nos ayudaba a prepararnos. También me enseñaba a conducir en la academia.

Capítulo 10:
La academia de conducción

El coche estaba terminado y listo para salir al circuito. Ez me dijo que primero practicaríamos con un coche para principiantes. Él iba en un coche y yo le seguía en otro. Me daba instrucciones a través del auricular del casco. Era un gran instructor y muy divertido. Me lo pasé genial.

Me enseñó a tomar las curvas. Y también a adelantar. Como aprendía rápido, me dejó ir primero. Entonces, me enseñó a evitar que alguien me adelantara. Era muy parecido a conducir en el simulador. La mayor diferencia era sentir la fuerza G al tomar las curvas.

Fue un curso de tres días. Aprobé el examen escrito con un 98 % y el práctico con un 100 %. Ez me dijo, de broma, que podría haberlo hecho en un solo día.

Aquel mismo día, presentamos la solicitud a la IMSA. Me hice con el penúltimo asiento disponible para la clasificación. Por los pelos.

Capítulo 11: La clasificación

El día de la clasificación estaba nerviosísimo.
Cada piloto dio dos vueltas al circuito. Tenía que
hacer el mejor tiempo para salir el primero. Me
temblaban las manos, pero no me iba a rendir por
nada en el mundo.

Me aseguré de escuchar correctamente a
los observadores, que estaban repartidos por el
circuito para decirme cómo iba. Salí y calenté
los neumáticos. Di una vuelta antes de que
empezaran a cronometrarme.

Sacaron la bandera verde. Mi tiempo comenzó

cuando crucé la línea de salida. Daniel también estaba allícronometrándome. Cuando crucé la línea de meta, escuché a Daniel por los auriculares.

—Buen trabajo, Álex, pero sé que puedes hacerlo mejor. No tengas miedo de pisar el acelerador, colega. Písalo a fondo en las rectas. No hay nadie más que se interponga en tu camino.

Las palabras de Daniel me ayudaron muchísimo. Pisé el acelerador en las rectas y recorté mi tiempo drásticamente.

Solo quedaba esperar a que todos terminaran para conocer los resultados de la clasificación. La espera se me hizo eterna.

Al fin, anunciaron los resultados. Esperé, impaciente, que dijesen mi nombre.

—Álex Wilton, puesto 24, con 2:36.212.

—¡Toma! ¡Puesto 24! —grité.

—¡Puesto 24! ¡Es genial! —exclamó Daniel

entre risas.

Cuando anunciaron mi posición, la multitud aplaudió. Estaba empezando a tener un buen grupo de fans. Las entrevistas que había concedido habían atraído a la gente.

Capítulo 12: El día de la carrera

El día de la carrera, el autódromo estaba lleno. Incluso había personas en las gradas sosteniendo carteles con mi nombre.

Puse en marcha el motor para que se calentara. Revisamos una y otra vez el coche entero. Queríamos asegurarnos de que nada se había aflojado durante la clasificación.

Todos los coches estaban en la línea de salida. Había 43 en total, colocados en filas de dos. Excepto laúltima fila, que solo tenía un coche.

Me vestí y me subí al coche. Estaba nervioso, pero intenté disimularlo por el bien de mi madre. Sabía que estaba muy nerviosa por mí.

Ez me hizo un gesto con el pulgar hacia arriba. Significaba que estaba listo para arrancar. El locutor gritópor el altavoz:

—¡La carrera está a punto de comenzar!

Todos los miembros del equipo se retiraron. El comisario de salida se colocó en su puesto. Levantó la bandera verde. Todos los pilotos comenzaron a acelerar.

El comisario agitó la bandera. La carrera había comenzado.

Capítulo 13: La carrera

Los coches de la primera fila arrancaron.
Enseguida me tocó a mí. En cuanto los coches
que había delante de mí se alejaron, aceleré.

De repente, vi un choque dos filas por delante.
Un piloto había perdido el control del coche y
se había chocado con cuatro más, incluido el
que iba a mi lado y el que tenía delante. Di un
volantazo para esquivar los restos del accidente.
Pasé del puesto 24 al 20.

El circuito tenía lugares estupendos para
adelantar. Daniel y Ez me habían dado muy

buenos consejos y yo llevaba años jugando a juegos de carreras. De hecho, eran los únicos juegos que tenía.

Poco a poco, fui subiendo puestos. En la primera vuelta, subí dos posiciones. Dos vueltas más tarde, otras dos más.

Cuando quise darme cuenta, iba cuarto. Casi no me lo podía creer. Un Mustang y un Viper estaban peleando por el primer puesto. Cuando se chocaron, conseguí la cuarta posición.

Los coches que tenía delante eran muy rápidos y agresivos. Era prácticamente imposible subir otro puesto.

—Lo estás haciendo muy bien, Álex —me dijo Daniel por la radio—. Sigue así, colega.

Durante el resto de la carrera, los Porsche iban primeros y segundos, el BMW tercero y yo cuarto.—Quedan dos vueltas más, colega —dijo Daniel.

Cuando me di cuenta, estaba pasando la bandera blanca. Última vuelta.

—Álex, creo que el Mustang está tratando de recuperar la segunda posición. Está presionando para adelantar —me dijo uno de los observadores por la radio—. Ya ha adelantado a dos coches. Solo tiene uno más antes del tuyo.

—Deja que pase —me dijo Daniel—. No vale la pena arriesgar el coche por perder una posición en la primera carrera.

El Mustang adelantó al coche que tenía detrás de mí y empezó a presionarme.

Capítulo 14: El accidente

Reduje la velocidad y me aparté para dejar pasar al Mustang. Se acercó y se abrió camino hasta adelantar al BMW, que iba en tercera posición. También trató de adelantar al Porsche, en segundo puesto.

El Porsche no cedió. Los dos coches patinaron, llevándose al BMW con ellos. Di un volantazo para esquivarles. Estaba en segundo lugar.

Solo quedaba una curva para la última recta. Salí disparado hacia ella, pisando el acelerador.

El Porsche era demasiado rápido. Simplemente no podía adelantarlo.

Sacaron la bandera a cuadros. Había quedado segundo.

A pesar de ello, la multitud gritaba mi nombre. Tras entregarnos los premios, lo celebramos a lo grande en la carpa Wilton.

Los reporteros y los aficionados vinieron a felicitarnos.

Kim Sutherland fue la primera persona en entrevistarme:—¿Qué se siente al pasar de héroe a piloto?

Supe qué responder de inmediato:

—Es genial. Realmente maravilloso.

Epílogo: El después

Daniel dejó su trabajo de oficina y se dedicó a las carreras. Ahora es un asesor muy bien pagado en el mundo de los deportes de motor. Álex ganó el campeonato como líder en puntos. Ahora participa en más de un tipo de carreras.

Acerca de Matthias Southwick

Hace tiempo, yo también fui un lector con dificultades, como tú. Sufrí un daño neurológico por una reacción alérgica. Me llevó años y años de esfuerzo y trabajo estar donde estoy hoy.

Sigue adelante, sin importar lo difícil que sea, y podrás lograr lo que te propongas.

~Matthias Southwick